Lilly Block

Lillys Erotik op Platt

mit hochdeutscher Übersetzung

Lilly Block

Lillys Erotik op Platt

mit hochdeutscher Übersetzung

Band 1

Bibliografische Information der Deutschen Nationalbibliothek:
Die Deutsche Nationalbibliothek verzeichnet diese Publikation in der Deutschen Nationalbibliografie; detaillierte bibliografische Daten sind im Internet über www.dnb.de abrufbar.

ISBN 978-3-7322-8212-8

© Lilly Block 2014

Herstellung und Verlag:
BoD – Books on Demand, Norderstedt

Covergestaltung:
Lilly Block mit BOD Easy Cover

Foto: privat

För mien Vadder und Kuddel, de beide an de gliecke Dag Gebortstdag hebbt. Papa sä jümmers, dat ick över Sex schrieven schall: Blots dormit kann man Geld verdeenen. Un Kuddel hulp mi bi't Överstellen vun mien erste erotische Vertellen.

Für meinen Vater und für Kuddel, die beide am gleichen Tag Geburtstag haben. Mein Vater sagte immer, dass ich über Sex schreiben solle. Nur damit könne man Geld verdienen. Und Kuddel half mir bei der Übersetzung meiner ersten erotischen Erzählungen.

Inhaltsverzeichnis

Dropen op de Azoren..........8
Wiedersehen auf den Azoren..........9
Grooted Kino inne Tog..........28
Großes Kino im Zug..........29
Dünnerstag is Mätressendag..........40
Donnerstag ist Mätressentag..........41
Lilly Block..........64

Dropen op de Azoren

Bibi weer opreecht. Siet twindig Johr harr se Volkmar ni mehr sehn. Se weern tosomen to School gahn un se weer veele Johre in em verleevt ween. He harr veele Leevsten in de Schooltied, Bibi hörte avers ni dorto. Se weer jümmers blots de Kumpan för em, de mit em Sport mokte un mit em Wannern gung.

Na de School harrn se sik ut de Ogen verlorn. Knapp ehr Bibi fardig mit dat Studeern weer, drepen se sik tofällig noch mol, wieldat Volkmar de Hoochschool wesselt harr un nu in de sülve Stadt als Bibi wahnte.

Avers to de Tied harr Bibi een Leevsten. Se bleeven goote Frünnen, bald kreech Bibi een Anstellung in een anner Stadt. As Volkmar in't Utland arbeiten gung, verlorn se sik ut de Ogen.

Af un an harr Bibi mol een Leevsten, man dat wohrte meest ni lang, bet se werr utnanner weern.

Bibi froogte sik siet de Schooltied jümmers werr, wodenni dat wul mit Volkar in't Bett sien much. Se harr ni de Gelegenheit hatt und dat duerte ehr.

Wiedersehen auf den Azoren

Bibi war aufgeregt. Seit 20 Jahren hatte sie Volkmar nicht mehr gesehen. Als sie zusammen zur Schule gingen, war Bibi über viele Jahre in ihn verliebt gewesen. Er ging mit vielen Mädchen in der Schulzeit, Bibi gehörte aber nie dazu. Sie war für ihn immer nur der gute Kumpel, der mit ihm Sport machte und mit ihm wandern ging.

Nach der Schule hatten sie sich aus den Augen verloren. Kurz bevor Bibi ihr Studium abschloss, trafen sie sich zufällig wieder. Volkmar hatte die Universität gewechselt und war nun in derselben Stadt, in der Bibi wohnte.

Zu dieser Zeit hatte Bibi einen Partner, so blieben sie und Volkmar gute Freunde. Bald darauf bekam Bibi eine Stelle in einer anderen Stadt. Als Volkmar kurz danach aus beruflichen Gründen ins Ausland ging, verloren sie sich wieder aus den Augen.

Ab und an hatte Bibi mal einen Partner, aber es dauerte meist nicht lange, bis sie sich wieder trennten.

Bibi fragte sich seit der Schulzeit immer wieder, wie es wohl mit Volkmar im Bett sein würde. Sie hatte nie die Gelegenheit gehabt und bedauerte das sehr.

As se noch to School gung dröömte se so männigmol dorvun, dat se nachts bi Vullmaand na de Strand leepen, dor eener den annern uttrock un se denn nackelt inne Maandschien swimmen gungen. Dat warme Water striegelte ehrn Liev, denn keem Volkmar na ehr henn und sien sinnige Hannen striegelten ehr överall. He geev ehr een Söten op de Mund, gnabberte an ehr Lippen.

Denn greep he ehr as een Swimmer vun de DLRG, de een avsupen Swimmer hölpen will un trook ehr in dat siede Water. Dor stunn se nu in't Water, dat ehr knapp bet na de Bost langte. Ehr Titten schaukelten op't Water. De Waterdrüppels dorop blinkerten in't Maandlicht as Steerne dat an't Heben dohn.

Volkmar stünn vör ehr un keek sik ehr Liev an. Bibi kunn sehn, dat he dat genot. Se froogte sik, wat sien Johannes wohl nu de. Se kunn em ni ünner Water sehn, wull avers geern weeten, ob he sik in't Water eenfach drieven leet, oder ob he all piel oprecht stunn.

Bevör se een Stapp na Volkmar henn moken kunn, to dat mit ehr Hannen to pröven, swumm he na ehr henn. Eerst striegelte he sinnig mit sien Hannen över ehr Titt. Bibi markte, dat ehr wohlig warm twüschen de Been wurr. Denn gungen sien Hannen deeper, wannerte över ehr Buuk na ünnen bet na ehr hitte Spalt. Bibi stöhnte, as sien Finger keck in de Spalt kroop. Ehr Knee wurrn week, se kunn knapp noch stahn. Se spörte sien Waterwichel an ehr Been. De weer hitt un stunn piel oprecht. Se wull em spörn deep in sik.

Als sie noch zur Schule ging, träumte sie oft, dass sie nachts bei Vollmond zum Strand liefen, sich dort gegenseitig auszogen und dann nackt im Mondschein schwimmen gingen. Das warme Wasser streichelte ihren Körper. Volkmar kam zu ihr und seine sanften Hände streichelten sie überall. Er küsste sie auf den Mund, knabberte an ihren Lippen.

Dann fasste er sie wie ein Rettungsschwimmer, der einen Schwimmer vorm Ertrinken retten will und zog sie in das flachere Wasser. Dort standen sie im Wasser, das ihr fast bis zur Brust reichte. Ihr Busen schaukelte auf dem Wasser. Die Wassertropfen darauf funkelten wie im Mondlicht, wie Sterne im Himmel.

Volkmar stand vor ihr und betrachtete ihren Körper genau. Bibi sah, wie er es genoss. Sie fragte sich, was sein kleiner Freund wohl gerade tun würde. Sie konnte ihn unter Wasser nicht sehen, wollte aber zu gerne wissen, ob er sich einfach im Wasser treiben ließ oder ob er schon hoch aufgerichtet stand.

Bevor sie einen Schritt auf Volkmar zumachen konnte, um das mit ihren Händen zu überprüfen, schwamm er zu ihr hin. Zuerst streichelte er sanft mit seinen Händen über ihren Busen. Bibi spürte, wie es angenehm warm zwischen ihren Beinen wurde. Dann gingen seine Hände nach unten, wanderten tiefer bis zu ihrer heißen Spalte. Bibi stöhnte, als sein Finger frech in den Spalt glitt. Ihre Knie wurden weich, sie konnte sich kaum noch auf den Beinen halten. Sie spürte seinen Schwanz an ihrem

Bibi leggte ehr Arms rund Volkmars Nack to sik fast to holn. Denn stödte se sik mit de Fööt vunne Grund af, slung ehr Been rund sien Hüften und beweechte sik op un daal to sien Johannes intofangen un em in ehr natte Grott to föhrn.

Volkmar smusterte ehr an, leet sien Johannes avers noch ni infangen. Een poor Mol stupste he sachte an ehrn Ingang, man denn troock he sik gau wedder torüch. Sien Hannen greepen ehr an de Achtersen un he bugseerte ehr sinning henn un her, so as em dat passte.

Sien Lippen snutelten ehrn Hals. Denn slickte he de Waterdrüppels von ehr Titt. Dat kribbelte gewaltig mank ehr Been. Volkmar speelte wieder mit ehr: Sien Tung weer nu bi ehr Nippels ankomen. De nehm he inne Mund un suuchte doran. Bibi kunn sik knapp noch holen, beeverte an't heele Liev.

„Ni bang ween,„ sä Volkmar. „Ick hol di bi. Du kannst ni rünnerfalln und dat Water deiht di ock dreegen.„ Jüst in düsse Ogenblick stödte he sien Dödel deep in ehr rin. Bibi süüfzte luut op, wull sik gau bewegen, em forsch rieden. Man he heel er fast un beweechte ehr ganz sinni. Dorto gnabberte he an ehrn Hals.

Bein, heiß und hoch aufgerichtet. Sie wollte ihn spüren – tief in sich.

Bibi legte ihre Arme um Volkmars Hals, um sich festzuhalten. Dann stieß sie sich mit den Füßen vom Grund ab, schlang ihre Beine um seine Hüften und bewegte sich rauf und runter, um seinen Luststab einzufangen und in ihre nasse Grotte zu führen.

Volkmar lächelte sie an, ließ seinen kleinen Freund aber noch nicht einfangen. Ein paar Mal klopfte er leicht an ihren Eingang, dann zog er sich schnell wieder zurück. Seine Hände umfassten ihren Po und er bewegte sie langsam hin und her, wie es ihm gefiel.

Seine Lippen küssten ihren Hals, dann leckte er ihr die Wassertropfen vom Busen. Es kribbelte heftig zwischen ihren Beinen. Volkmar spielte weiter mit ihr: Seine Zunge war nun bei ihren Brustwarzen angekommen. Dann nahm er sie in den Mund und saugte daran. Bibi konnte sich kaum noch halten, ihr ganzer Körper bebte.

„Keine Angst", sagte Volkmar, „ich halte dich. Du kannst nicht runter fallen und das Wasser trägt dich auch." In diesem Moment stieß er seinen Luststab tief in sie hinein. Bibi stöhnte laut auf, wollt sich schnell bewegen, ihn forsch reiten. Doch er hatte sie fest im Griff und bewegte sie ganz langsam. Dabei knabberte er an ihrem Hals.

As se dat vör Opreegen knapp noch utholen kunn, leet he ehr Achterbacken los, so dat se dat Tiedmaat un de Richt bestimmen kunn. Bibi nehm de Inlaadung an un beweechte sik gauer. Volkmar stödte deeper un harder in ehr rin. Dat gefull ehr.

„Volkmar, wieder, ni opholn!", sä se.

Dat weer dat Teeken fö Volkmar. He stödte noch een Mol deep in ehr un se spörte, dat ien hitte Saft ehr utfüllte. Un denn weer dat ock bi ehr sowiet: Se beeverte as hitte Schuern dör ehrn Liev leepen.

Fast umslungen bleeven se stahn, Volkmars Pielerman noch jümmers deep in ehr. Bibi keek över sien Schuller na sw sülvern Maand un seech een Steernsnupp fallen.

In de Johr nadem se sik ut de Ogen verlorn harrn dach se männingmol an Volkmar, man de Biller in ehr Drööme weern ni mehr so klor.

Vör fief Johrn harrn se sik tofällig över't Internet werr funnen. He leevte un arbeidete in Costa Rica, ünnersöchte raare Dierten.

Se schreeven sik meist jeede Week E-Mails. Un na twee Maande verkloorte he ehr, dat se jümmers sien Droomfru ween weer. He weer man bang ween, Bibi to

Als sie es vor Erregung kaum noch aushalten konnte, ließ er ihr Hinterteil los, so dass sie Tempo und Richtung bestimmen konnte. Bibi nahm die Einladung an und bewegte sich schneller. Volkmar stieß heftiger und härter in sie. Es gefiel ihr.

„Volkmar, weiter, nicht aufhören!", sagte sie.

Das war das Zeichen für Volkmar. Er stieß noch einmal tief in sie und sie spürte, dass sein heißer Saft sie ausfüllte. Dann war es auch bei ihr soweit: sie zitterte, als heiße Schauer durch ihren Leib liefen.

Fest umschlungen blieben sie stehen waren, Volkmars Stab noch immer tief in ihr. Bibi schaute über seine Schulter zum silbernen Mond und sah eine Sternschnuppe fallen.

In den Jahren, nachdem sie sich aus den Augen verloren hatten, dachte sie noch oft an Volkmar, aber die Bilder in ihren Träumen waren nicht mehr so deutlich.

Vor fünf Jahren hatten sie sich zufällig über das Internet wiedergefunden. Er lebte und arbeitete in Costa Rica, erforschte seltene Tiere.

Sie schrieben sich fast in jeder Woche. Nach zwei Monaten gestand er ihr, dass sie immer seine Traumfrau gewesen sei. Er hatte aber Angst, Bibi zu fragen, ob sie

froogen of se em ock geern harr. Dörtig Johr weern se beid bang ween, sik vun jere Leevde to vertelln. Masse verpasste Gelegenheiten, dach Bibi.

Se överleechen, wo se tonanner komen kunnen. Bibi wull na Costa Rica fleegen, Volkmar wull Urlaub in Düütschland mocken, man se funnen keen Week in de se beide togliek frie harrn. Un blots wenige Dage to fohrn, weer de Tuur to lang.

Denn keem een ganz avsünnerliche E-Mail vun Volkmar: „Heff mi een Boot köfft un will een Weltreis moken. Ick seil nu eerstmal na Düütschland to dat Boot dor op een Warft inne Winter för de groote Tuur klor to moken."

Man he keem blots bet na de Azoren un seet dor denn fast. Grandessige Deele vun de Utrüstung weern in een Störm twei gahn un he kunn so mit dat Boot ni wieder över den Atlantik seilen, seet dor fast. He müss dat Bott eerst heelmoken. De Deele weern bestellt, nu töövte he dor. Inne Winter wull he avers in Düttschland ween, ehr inne Arm holen un Soken mit ehr moken, vun de he all lang dröömt harr.

Aver dat wurr nix: He kreech de Deele ni vör de Winter ran, muss över Winter op de Azoren blieven. Se wull em geern werr sehn, harr avers keen Tied un keen Moneten to op de Azoren to fleegen.

ihn auch liebte. Dreißig Jahre lang waren beide zu feige gewesen, sich von ihrer Liebe zu erzählen. Viele verpasste Gelegenheiten, dachte Bibi.

Sie überlegten, wo sie sich treffen könnten. Bibi wollte nach Costa Rica fliegen, Volkmar wollte Urlaub in Deutschland machen, aber sie fanden keine Wochen, in denen beide gleichzeitig frei hatten. Die Reise war aber zu lang, um nur für wenige Tage zu fahren.

Dann kam eine ganz seltsame E-Mail von Volkmar: „Ich habe mir ein Boot gekauft und will eine Weltreise machen. Ich werde erst mal nach Deutschland segeln und dass Schiff im Winter dort auf einer Werft für die große Reise klar machen!."

Aber er kam nur bis zu den Azoren und saß dort dann fest. In einem Sturm waren wichtige Teile der Ausrüstung zerstört worden. Deshalb konnte er mit dem Boot nicht weiter über den Atlantik segeln und saß dort fest. Erst musste er das Boot reparieren. Die Teile waren bestellt, er wartete darauf. Den Winter wollte er in Deutschland verbringen, sie im Arm halten und mit ihr Sachen machen, von denen er lange geträumt hatte.

Aber daraus wurde nichts. Er bekam die Teile nicht rechtzeitig vor dem Winter, musste auf den Azoren überwintern. Sie wollte ihn gern wieder sehen, hatte aber werder Zeit noch Geld, auf die Azoren zu fliegen.

Een Avend seeten beide to glieke Tied an sees Reekner un schreeven sik een Dutt E-Mails. Eerst weern se noch bi de Tiedplanung, to sik gau to dropen. Un denn schreev Volkmar, wat he allns mit Bibi anstelln wull, wenn he ehr denn opletzt mank de Füss kreech. He froogte sik meist jede Nacht, wodenni se denn nakelt utsehn würr.

„De Froog kann ick di antern", dach Bibi, trock sik ut, stellte sik mit ehrn Knipskasten vör den Speegel. Denn setde se sik gau werr an ehrn Reekner un schicke de Biller in een E-Mail an Volkmar. He anterte fix un Bib kunn sien Süüfzen meist inne E-Mail lesen.

As se bannig laat inne Puch gung, dach Bibi noch jümmers an Volkmar un sien oprengend Schrieven. Ehr Hannen striegelten över ehr Liev un se stellte sik vör, dat dat Volkmars Hannen weern. Dat föhlte sik so goot an.

Se striegelte sik över de Binnersied vun ehr Böverschenkel, spörte dat lichte Trecken inne Buuk. De anner Hand leech op ehr Bost un speelte mit de fienföhlige Spitzen.De Hand vunne Böverschenkel gung wieder na ehr hitte Spalt. Se speelte eerst buten een beeten mit de fienföhlige Huut. As se twee Fingers deep in ehr Paradies stekten, leepen wohlige Schuer dör ehr Liev. Se vergeet, wo se weer, seech Volkmar vör ehr Ogen, sien Pielermann deep in ehr. Wodenni he utsehn much? Se harr Volkmar noch nie ganz nakelt sehn, man blots in Badebüx.

An einem Abend saßen beide gleichzeitig am PC, schrieben sich viele E-Mails. Erst machten sie eine Zeitplanung, um sich schnell zu treffen. Dann schrieb Volkmar, was er alles mit Bibi anstellen würde, wenn er ihren Leib endlich zwischen die Finger bekäme. Er fragte sich faste jede Nacht, wie sie wohl nackt aussehen würde.

„Die Frage kann ich dir beantworten", dachte Bibi, zog sich aus und stellte sich mit ihrer Kamera vor den Spiegel. Dann setzte sie sich schnell an den PC und schickte die Fotos in einer E-Mail an Volkmar. Er antwortete schnell und Bibi konnte sein Stöhnen fast aus der E-Mail herauslesen.

Als sie ziemlich spät ins Bett ging, dachte Bibi immer noch an Volkmar und seine aufregenden Schreiben. Ihre Hände streichelten über ihren Körper und sie stellte sich vor, dass es Volkmar Hände seien. Es fühlte sich gut an.

Sie streichelte über die Innenseite ihrer Oberschenkel, spürte ein leichtes Ziehen im Bauch. Die andere Hand lag auf ihrem Busen, spielte mit den empfindlichen Spitzen. Die Hand am Oberschenkel bewegte sich weiter nach oben zu ihrer heißen Spalte. Sie spielte erst außen ein wenig an der empfindlichen Haut. Als sie zwei Finger tief in ihr Paradies steckte, liefen wohlige Schauer durch ihren Leib. Sie vergaß wo sie war, sah Volkmar vor Augen, seinen Luststab tief in ihr. Wie dieser wohl aussah? Sie hatte Volkmar noch nie ganz nackt gesehen, nur in Badehose.

Ehr Fingers beweechten sik gauer, trummelten vun binnen an de fienföhligen Steeden vun ehr Paradies. Mit de anner Hand masserte se ehr Bost. As se inne Spitz vunne rechte Titt kneep, weer dat sowiet: Se schreech ehr Opregen luut rut un beeverte an't heele Liev.

Un nu weer dat sowiet. Se töövte op den Chauffeur, de ehr to'n Fleeger brngen schull. Hüüt avend wör se Volkmar werr sehn, na so lange Tied. Se weer ock bannig fladderig.

Weern de Geföhle ut fröhere Tieden noch dor? Weer se smuck nuch vör em? Jung weern se beide ni mehr. Wodenni much he nu utsehn? Weer he noch jümmers so dörtraineert as fröher? Dat kribbelte bös in ehr Buuk. Wodenni sik sien Huut wull anföhlen much?

De Tied leep gau. Ratz fatz seet se inne Fleeger na Faial. Obschonst noch hellige Dag weer, nehm se sik een Suusbruus as dat wat to drinken geev. Se müss fiern.

Denn mokte se de Ogen dicht un dach an Volkmar. Se seech sien strahlende Ogen un inne Näs har se sien Ruuch ut de Schooltied. Wodenni rüükte he hüüt? Noch een Stünn, denn weer dat sowiet und se kunn em werr sehn un rüüken.

Ihre Finger bewegten sich schneller, trommelten von innen an die empfindlichen Stellen in ihrem Paradies. Mit der anderen Hand massierte sie ihren Busen. Als sie in die Spitze ihrer rechten Brust kniff, war es soweit: Sie schrie ihren Orgasmus laut heraus und zitterte am ganzen Leib.

Und jetzt war es soweit: Sie wartete auf den Taxifahrer, der sie zum Flughafen bringen sollte. Heute Abend würde sie Volkmar nach so langer Zeit wiedersehen. Sie freute sich, war aber auch sehr nervös.

Waren die Gefühle aus der Vergangenheit noch da? War sie noch schön genug für ihn? Jung waren sie beide nicht mehr. Wie mochte er jetzt aussehen? War er noch immer so durchtrainiert wie früher? Es kribbelte heftig in ihrem Bauch. Wie mochte sich seine Haut wohl anfühlen?

Die Zeit verging schnell. Schon saß sie in ihrem Flieger nach Faial. Obwohl es noch mitten am Tag war, bestellte sie sich einen Sekt, als die Getränke gereicht wurden. Sie musste feiern.

Dann schloss sie die Augen und dachte an Volkmar. Sie sah seine strahlenden Augen und hatte seinen Geruch aus der Schulzeit in der Nase. Wie würde er jetzt riechen? Noch eine Stunde, dann war es soweit und sie konnte wieder an ihm schnuppern.

Un denn weer dat wohraftig sowiet. De Fleeger landete in Fial. Wo lang wör de Chauffeur wohl bruuken, to ehr to de Haven to bringen. Se harr een Bild vun dat Bood. Wodenni kunn se dat finnen, wenn veele Bööde inne Haven leegen? Se kennte sick mit Sheep ni so goot ut.

Korte Tied later weer se ut den Fleeger rut, harr ehr Bagage all insammelt un gung na de Utgang to sik een Taxi to söken.

Op de Wech dorhenn harr se een Ruuch inne Nees de ehr bannig bekannt vörkeem. Se mokte de Ogen dicht. Dat weer de Ruuch von Volkmar inne Schooltied. Se harr em ni vergeten.

Un denn lusterte se na een Stimm: „Na du smucke Deern. Wokeen söchst du? Kann ick de hölpen?"

In düsse Ogenblick leech se ock all in sien Arm, snutelte em un blarrte vör Freud. Dat duerte een ganze Tied, bit se sik werr inkreegen harr.

Volkmar nehm ehr Bagage und bugseerte ehr sinnig na een Taxi. Na korte Tied weern se bi sien Boot ankomen. Eerst bröchte he ehr Bagage ünner Deck, wieldat se noch de Utsicht bewunnerte. Denn hulp he ehr an Bord to gahn.

Es war soweit: Der Flieger landete in Faial. Wie lang würde das Taxi wohl zum Hafen brauchen? Sie hatte ein Foto von seinem Boot. Würde sie es finden, wenn viele Boote im Hafen lagen? Sie kannte sich mit Schiffen nicht besonders aus.

Kurze Zeit später hatte sie das Flugzeug verlassen, ihr Gepäck geholt und ging zum Ausgang, um sich ein Taxi zu suchen.

Auf dem Weg dorthin nahm sie einen Geruch wahr, der ihr sehr bekannt vorkam. Sie schloss die Augen. Es war der Geruch von Volkmar zur Schulzeit. Sie hatte ihn nicht vergessen.

Und dann hörte sie eine Stimme: „Na schönes Mädchen, wen suchst Du? Kann ich dir helfen?"

Im selben Augenblick lag sie auch schon in seinen Armen, küsste ihn und weinte vor Freude. Es dauerte eine Weile bis sie sich wieder beruhigt hatte.

Volkmar nahm ihr Gepäck und dirigierte sie sanft zu einem Taxi. Nach kurzer Zeit waren sie bei seinem Boot. Erst brachte er ihr Gepäck unter Deck, während sie noch die Aussicht bewunderte. Dann half er ihr an Bord zu gehen.

As se beide an Deck stunnen, nehm he ehr werr inne Arm, geev ehr een Söten un sä: „Vun Harten willkomen an Bord, mien Leevsten."

Denn trock he ehr daal na de Kajüt. Een Droom wurr wohr. Sinni trocken se sik ut, striegelten un snutelten sik. Se leeten sik veel Tied, keeken sees Liever an, rüükten annanner un smeckten sik.

„Mien Leevsten, du büst so smuck", sä Volkmar. „Noch veel smucker as in mien Drööme."

Bibi kunn nix seggen, smusterte em blots an.

Werr snutelten se sik. Volkmar heel ehr fast, sien Lippen wannerten över ehr Bost. As he doran suuchte, süüfzte Bibi liesen. Denn kneete he vör ehr, sien Tung kiddelte ehr Buuk un weer denn mitmol veel deeper, slickten ehr fienföhlige Steeden. Ehr Hannen leggen sik op sien Schullern, man denn nehm se sien Kopp inne Hannen und dirgeerte em en lütt beten. Ehr Musch weer natt. Se wull sien Pielermann deep in sik opnehmen, man Volkmar leet sik Tied.

Twee Finger gleeden deep in ehr Musch, wieldat sien Tung de lüttje fienföhlige Knoop verwöhnte. Un dor weer dat bi Bibi sowiet: Se schreech ehr Jieper luud rut, kreech toglieks weeke Knee un sackte tohop. Volkmar fung ehr op un bugseerte ehr in de Koje.

Als sie beide an Deck standen, nahm er sie wieder in den Arm, küsste sie und sagte: „Herzlich Willkommen an Bord, Geliebte."

Dann zog er sie in die Kajüte hinunter. Ein Traum wurde wahr. Langsam zogen sie sich gegenseitig aus, streichelten und küssten sich. Sie ließen sich viel Zeit, betrachteten ihre Körper, schnupperten aneinander und schmeckten sich.

„Meine Liebe, du bist so schön", sagte Volkmar, „noch viel schöner als in meinen Träumen."

Bibi konnte nichts sagen, lächelte ihn nur an.

Wieder küssten sie sich. Volkmar hielt sie fest, seine Lippen wanderten über ihren Busen. Als er daran saugte, stöhnte Bibi leise. Dann kniete er vor ihr, seine Zunge kitzelte ihren Bauch und war dann plötzlich viel tiefer, leckte ihre empfindlichen Stellen. Ihre Hände lagen auf seinen Schultern, dann nahm sie seinen Kopf in ihre Hände und dirigierte ihn ein kleines bisschen. Ihre Höhle war nass. Sie wollte seinen Schaft tief in sich aufnehmen, aber Volkmar ließ sich Zeit.

Zwei Finger glitten tief in ihre Spalte, während seine Zunge den kleinen empfindlichen Knopf ver-wöhnte. Dann war Bibi soweit, sie schrie ihre Lust laut hinaus, bekam gleichzeitig weiche Knie und sackte zusammen. Volkmar fing sie auf und bugsierte sie in die Koje.

Bibi dach, se kunn nun 'n bet verpusten, man Volkmar smusterte na ehr: „Wi sünd noch lang ni fardig, mien Leevsten."

He dreihte ehr op de Buuk, striegelte un snutelte ehrn Achtersen. Denn spredte he ehr Been un keem mit een harde Stött deep in ehr rin. Vun achtern faadte he na ehr Titt, reev de Nippels mank sien Fingers. Bibi weer glücklich, dat weer noch veel schöner as in ehr Drööme.

Na wenige Stööte explodeerte Volkmar in ehr. As se sien hitte Saff in sik spörte, weer dat ock be ehr werr sowiet: Se beeverte an't ganze Liev, as hitte Schuern dör ehrn Liev leepen.

Banning pustig bleeven se eng umslungen lingen.

Na een föhlte Ewigkeit sä Volkmar: „So mien Smucke, nu much ick di to'n Eten utföhrn un dorna moken wi de heele Nacht wieder wenn du machst."

Bibi dachte, dass sie nun etwas verschnaufen könne, doch Volkmar lächelte sie an: „Wir sind noch lange nicht fertig."

Er drehte sie auf den Bauch, streichelte und küsste ihr Hinterteil. Dann spreizte er ihre Beine und war mit einem harten Stoß tief in ihr. Von hinten griff er nach ihrem Busen, rieb die Nippel zwischen seinen Fingern. Bibi war glücklich. Es war noch viel schöner als in ihren Träumen.

Nach wenigen Stößen explodierte Volkmar in ihr. Als sie seinen heißen Saft in sich spürte, war sie auch wieder soweit: Ihr ganzer Leib bebte, als heiße Schauer durch ihren Körper liefen.

Schwer atmend blieben sie eng umschlungen liegen.

Nach einer gefühlten Ewigkeit sagte Volkmar: „So meine Schöne, jetzt möchte ich dich zum Essen ausführen und danach machen wir die ganze Nacht lang weiter, wenn du magst."

Grooted Kino inne Tog

Susan seet inne Tog un weer bös mööd. Dat weer een sture Arbeidsdag ween un de Dag weer lang noch ni toenn. An't Weekenn wull se ehr Fründin in Frankfurt besöken un so harr see een late Tog vun Bremen nohm. De Tog weer bös oldbacksch, blots Afdeele in de man de Sittels noch tohop schuven kunn. Susan passte dat goot in de Kroom. Se harr een Afdeel för sick allen, kunn sick dor ehr Bett buun un een poor Stünnen slapen.

Se harr sick dat all komodig mokt, dat Lich in't Afdeel utknipst. Se seet noch dor, keek na de Gang. Dat Afdeel nebenan speegelte sik inne Schiev.

Susann seech dat se smucke Navers harr: Twee junge Kirls, bruunbrennt, de wie't schient temli veel Sport mokten. De een harr pickenschwatte, de anner füerrode Hoor. Se överlechde, ob se in't anner Afdeel flütten schull, to de beiden neger antokieken.

Denn keek se bös baff: De beiden Kirls geven sik een Söten. Dat harr se ehr Leevdag noch ni sehn. Eegens schull se wechkieken. Man se kunn ehr Ogen ni vun de beiden laten. Se schienten ni to marken, dat de Schiev vunne Gang as een Speegel weer un se een Tokieckersche harrn.

Großes Kino im Zug

Susan saß ziemlich müde im Zug. Es war ein anstrengender Arbeitstag gewesen und der Tag war noch lange nicht zu Ende. Übers Wochenende wollte sie ihre Freundin in Frankfurt besuchen und so hatte sie einen späten Zug ab Bremen genommen. Der Zug war ziemlich altmodisch, hatte nur Abteile in denen man die Sitze noch zusammenschieben konnte. Susan war das ganz angenehm. Sie hatte ein Abteil für sich alleine, konnte sich darin ihr Bett bauen und ein paar Stunden schlafen.

Sie hatte es sich schon bequem gemacht und das Licht im Abteil ausgeschaltet. Sie saß noch da und schaute zum Gang. Das Nebenabteil spiegelte sich in ihrer Scheibe.

Susan sah, dass sie gutaussehende Nachbarn hatte: Zwei junge Männer, braungebrannt, die scheinbar ziemlich viel Sport machten. Der eine hatte pechschwarzes, der andere feuerrotes Haar. Sie überlegte, ob sie in das andere Abteil umziehen solle, um die beiden genauer zu beobachten.

Dann schaute sie ziemlich überrascht: Die beiden Männer küssten sich. Das hatte sie noch nie in ihrem Leben gesehen. Eigentlich sollte sie wegsehen, doch sie konnte ihren Blick nicht von den Beiden lassen. Sie schienen nicht zu bemerken, dass die Scheibe im Gang wie ein Spiegel wirkte und sie eine Zuschauerin hatten.

Dat Snuteln wurr düller un Susan föhlte een Trecken inne Buk bi't tokiecken.

Denn fungen de beiden an, sik uttotrecken un seeten mit blanke Böverliev in't Afdeel. Susann seech, wodennig de beiden sik striegelten un snutelten.

Se spörte een Natten mank ehr Been. Ehr Hannen beweechten sik ahn ehr Todohn. De eene striegelte ehr Titt, de anner kroop mank ehr Been un föhlte na de Natten. Ehr Ogen hungen anne Schiev.

Wat se nu seech kunn se meist ni glöven: De rodhoorige Kirl knööpte de Büx vun den annern op un holte sien Munk rut. De weer goot buut. Susan weer neetsch un wull düsse groote dicke Prügel geern mank ehr Been hem.

Un denn bögte de Rode sik över sien Macker un neem den Munk deep inne Mund. Susan kunn sehn, wodennig de Tung rund um den Pielermann speelte. Mol gleed de Tung sinnig över de Spitz, denn werr harr he em deep inne Mund un suuchte dran.

Susan weer hibbelig, harr middewiel ehr Büx uttrocken un seet mit nakelte Ünnerliev in ehr Afdeel, de Finger vun ehr Hand deep in ehr natte Grott.

Die Küsse wurden intensiver. Susan fühlte beim Zuschauen ein Ziehen im Bauch.

Dann begannen die Beiden sich auszuziehen und saßen mit nackten Oberkörpern im Abteil. Susan sah, wie die beiden Männer sich streichelten und küssten.

Sie spürte die Nässe zwischen ihren Beinen. Ihre Hände bewegten sich ohne ihr Zutun. Die eine streichelte ihren Busen, die andere kroch zwischen ihre Beine und fühlte die Nässe. Ihre Augen hingen an der Scheibe.

Was sie jetzt sah, konnte sie kaum glauben: Der rothaarige Mann knöpfte die Hose des anderen auf und holte seinen Mönch raus. Dieser war gut gebaut. Susan war neidisch und wollte diesen dicken Prügel gerne zwischen ihren Beinen haben.

Und dann beugte der Rote sich über seinen Freund und nahm seinen Mönch tief in den Mund. Susan konnte sehen, wie seine Zunge rund um den Schwanz spielte. Mal glitt die Zunge sanft über die Spitze, dann hatte er ihn tief im Mund und saugte daran.

Susan war erregt, hatte inzwischen ihre Hose ausgezogen und saß mit nacktem Unterleib im Abteil, die Finger der einen Hand tief in ihrer nassen Grotte.

Mittmol weer Susan dat as wenn een Füerwark in ehr explodeerte. Se stöhnte luud un beverte vör Lust.

As se sik werr inkreegen harr, keek se bang na de Schiev. Harrn ehr Navers wat markt? Dat schiente ni, denn de eene suuchte jümmers noch an de Munk vunne anner. De swatthoorige Kirl wurr mittmol ganz stief, tuckte torüch un sprütte sien Saff inne Snuut vunne Rode.

Schaad, dach Susan, nu is dat Speelwark all toen. Se wull sik op't slapen inrichten, keek avers noch mol inne Schiev. Dat gung wieder: De Swatte harr sien Büx nu uttrocken un kneete op alle Veere vör sien Macker.

De Rode wischte sik mit de Hannen övert Gesich, wischte sik de Saff von den Swatte af un smeerte dat rund dat Morsloch vun sien Macker. Wat schull nu passeern? Susan keek nieschierig na de Schiev.

De Rode masseerte den swatten sien Loch, wieldat de Swatte em de Achtersen henn heel. Denn verswunnen twee Finger vun den Roden in dat Loch vun den Swatten, wieldat de anner Hand sien Kronjuwelen striegelte. Susan heel de Luff an. Ni nich harr se dacht, dat dat so opregend weer, twee Kirls totokiecken. Wat keem nu?

Plötzlich war es für Susan so, als ob ein Feuerwerk in ihr explodierte. Sie stöhnte laut und bebte vor Lust.

Als sie sich wieder beruhigt hatte, sah sie ängstlich zum Fenster. Hatten ihre Nachbarn etwas bemerkt? Offensichtlich nicht, denn der Eine saugte noch immer am Schwanz des Anderen. Dieser wurde auf einmal ganz steif, zuckte zurück und spritzte seinen Saft in das Gesicht des Rothaarigen.

Schade, dachte Susan, nun ist das Schauspiel schon zu Ende. Sie wollte sich schlafen legen, sah aber nochmal zur Scheibe. Es ging weiter: Der Schwarze hatte seine Hose jetzt ausgezogen und kniete auf allen Vieren vor seinem Freund.

Der Rote wischte sich mit seinen Händen übers Gesicht, wischte sich den Saft des Schwarzen ab. Und dann verteilte er diesen rund um den Anus seines Begleiters. Was würde jetzt passieren? Susan sah neugierig zum Fenster.

Der Rote massierte das Loch des Schwarzen, während dieser ihm seinen Po hinhielt. Dann verschwanden zwei Finger des Roten im Loch des Schwarzen, während die andere Hand seine Kronjuwelen streichelte. Susan hielt die Luft an. Sie hätte nie gedacht, dass es so erregend sein könnte, zwei Männern zuzuschauen. Was kam jetzt?

De Froog wurr gau antert: De Rode trock sien Büx rünner. Sien Munk weer noch gröter as de vun den Swatten un stunn piel hoch. Susan dach, dat se düsse Lustknüppel geern deep in sik hem wull.

Avers dat Speeltüch weer ehr ni gönnt: De Rode fadte de Swatte rund de Kneep un sien Johannes kloppte sacht an den Ingang an.

Susan dach noch, dat de doch veel to groot weer to vun achern in een Kirl rintokomen. Jüst in düsse Ogenblick stödte de Rode deep in sien Macker rin. Susan seech, dat de Prügel bet to'n Anslag vun achten in de Swatte bin weer. Se stellte sick vör, wi de Knüppel ehr utfüllte un stöhndte luut.

De beiden Kirls beweegten sik ni, de Gesichter schienten bannig konzentreert, as würn se na wat lustern. Harrn se ehr hört?

Dat schiente de beiden avers nich de Tour to vermasseln: De mockten wieder. De Rode heel den Schwatten fast un stödte sinnig jümmers deep in em rin. De Schwatte schiente dat ock to gefalln. Ovschonst he jüst afspröttet harr, stunn sien Johannes piel oprecht vör sien Buuk.

Susan heel dat knapp noch ut vör Jieper. To geern wull se in dat Afdeel vunne Kirls ween, sees Lievers anfoten

Die Frage wurde schnell beantwortet: Der Rote zog seine Hose runter. Sein Schwanz war noch größer als der des Schwarzen und war hoch aufgerichtet. Susan dachte, dass sie diesen Luststab gern tief in sich haben wollte.

Aber das Spielzeug war ihr nicht gegönnt: Der Rote hielt den Schwarzen an der Hüfte und sein Stab klopfte vorsichtig am Eingang an.

Susan dachte noch, dass er doch viel zu groß sei, um von hinten in einen Mann einzudringen. Genau in diesem Augenblick stieß der Rote tief in seinen Freund hinein. Susan sah, dass der Schwanz bis zum Anschlag im Schwarzen drin war. Sie stellte sich vor, wie der Luststab sie ausfüllte und stöhnte laut.

Die beiden Männer bewegten sich nicht, die Gesichter schienen hoch konzentriert, als würden sie etwas hören. Hatten sie sie gehört?

Das schien die Beiden aber nicht zu stören: Sie machten weiter. Der Rote hielt den Schwarzen fest und stieß langsam immer tief in ihn rein. Dem Schwarzen schien das auch zu gefallen: Obwohl er gerade abgespritzt hatte, stand sein Schwanz hoch aufgerichtet vor seinem Bauch.

Susan hielt es vor Verlangen kaum noch aus. Zu gern wäre sie im Abteil der Männer, um ihre Körper

un smecken. Man se seet alleen in ehr Afdeel un weer blots Tokieker.

De Rode gung bannig dull ran: Jümmers werr stödte he deep in den Swatten rin, de een tofreeden Snuut trock un liesen stöhndte. Denn harr de Rode dat schafft: He stöhndte luut, wieldat sien Pahl mit enn harde Stööt deep in den Swaten versackte un vör Opregen an't heele Liev beverte. Bannig ut de Pust leet he sik op de Rüch vun den Swatten fallen un bleev dor liggen.

So geern harr Susan wieder tokeeken, wieldat ehr schiente, dat de Swatte noch ni nuch harr. Sien Munk stunn jümmers noch piel oprecht vör sien Buk. Man de beiden pusteten un röhrten sik ni mehr.

De Vörstellung is wohl toeen, dach Susan un kramte in ehr Tasch, to sik bedferdig to mocken. Denn hörte se, dat de Afdeeldör opschoven wurr. De Fohrkortenknipser, dach se un söchte na ehr Fohrkort.

As se sik ümdreihte, dach se, dat se dröömte. De Swatte stun nackelt mit oprechten Pielermann vör ehr inne Dör un smusterte na ehr.

anzufassen und zu schmecken. Aber sie saß allein in ihrem Abteil und war nur Zuschauer.

Der Rote ging heftig zur Sache: Immer wieder stieß er tief in den Schwarzen, der ein zufriedenes Gesicht machte und leise stöhnte. Dann hatte der Rote es geschafft. Er stöhnte laut, als er seinen Pfahl mit einem harten Stoß tief im Schwarzen versenkte und vor Erregung am ganzen Leib zitterte. Schwer atmend ließ er sich auf den Rücken des Schwarzen fallen und blieb dort liegen.

Gern hätte Susan weiter zugeschaut, weil ihr schien, dass der Schwarze noch nicht genug hatte. Sein Stab stand noch immer hoch aufgerichtet vor seinem Bauch. Aber die beiden schnauften und bewegten sich nicht mehr.

Die Vorstellung ist wohl zu Ende, dachte Susan und kramte in ihrer Tasche, um sich bettfertig zu machen. Dann hörte sie, wie die Tür des Abteils aufgeschoben wurde. Der Schaffner, dachte sie und suchte nach ihrer Fahrkarte.

Als sie sich umdrehte, glaubte sie zu träumen. Der Schwarze stand nackt mit steifen Schwanz in der Tür und lächelte sie an.

„Wi hebbt sehn, dat wi een Tokiekersche harrn. Hest Du Lust, mit uns to speelen? Wi muchen geern mal tosomen een Fruunsminsch beglücken."

Susan nickkoppte blots und gung mit em in't anner Afdeel.

„Wir haben gesehen, dass wir eine Zuschauerin haben. Hast du Lust mit uns zu spielen? Wir möchten gerne mal zusammen eine Frau beglücken."

Susan nickte nur und ging zu den Beiden ins Abteil.

Dünnerstag is Mätressendag

Ick weer hel oprecht. Hüüt weer Dünnersdag, de Dünnersdag. De eerste Dünnersdag in mien Leeven, an de ick mi mit een Kirl dropen würr, de blots mit mi inne Kist gahn wull, ni mehr un ni weniger.

Lang harr ick överleggt, ob ick dat doon schull. Avers wat harr ick to verleern? Ick weer all lang alleen, harr wenig Mood, mit een Kirl tohop to wahnen un na sien Piep to danzen. Man mien Liev schreech na een Kirl. Jümmers Handarbeid weer to eentönig.

Een Dag snackte ick op een Fier mit de niege Fru vun een Fründ. Ick froogte ehr, wodenni se so lang ahn Kirl utkomen weer, bevör se ehrn Macker dropen harr.

Se vertellte mi, dat se veele Johre man blots Kirls för't Bett hatt harr, nix to verleeven. Ick weer verbiestert un froogte ehr, wo se de Kirls dropen harr. Ick weer meist elkeen Weeckenn ünnerwegens un funn keen Kirl to 'n beten Spoß to hem.

„Welcke Dag büst du op de Jagd?", froogte se.

„Na, Fridag un Sünnavend, wat denkst Du denn? Dor hebbt doch all Lüüd fri."

Donnerstag ist Mätressentag

Ich war ziemlich aufgeregt. Heute war Donnerstag, der Donnerstag. Der erste Donnerstag in meinem Leben, an dem ich mich mit einem Mann treffen würde, nur um mit ihm ins Bett zu gehen, nicht mehr und nicht weniger.

Lange hatte ich überlegt, ob ich das tun sollte. Aber was hatte ich zu verlieren? Ich war lange allein, hatte wenig Lust, mit einem Mann zusammen zu wohnen und nach seiner Pfeife zu tanzen. Aber mein Körper schrie nach einem Mann. Immer Handarbeit war mir zu langweilig.

Vor einigen Tagen unterhielt ich mich mit der neuen Frau eines Freundes. Ich fragte sie, wie sie so lange ohne Mann ausgekommen sei, bevor sie ihren Ehemann getroffen hatte.

Sie erzählte mir, dass sie viele Jahre lang nur Männer fürs Bett gehabt hatte, nichts zum Verlieben. Ich fragte sie, wo sie die Männer getroffen habe. Ich war fast an jedem Wochenende unterwegs und fand keinen Mann, um ein bisschen Spaß zu haben.

„An welchem Tag gehst du auf die Jagd?", fragte sie.

„Na, Freitag und Samstag, was denkst du denn? Da haben doch alle Leute frei.

Ick weer mucksch.

„Nee, mien Leevste", smusterte se na mi. „So kann dat nix warrn."

Ick weer verbiestert: „Woso ni? Do hebbt doch all Lüüd fri."

„Ja", sä se. „Dor hebbt all Lüüd fri. Un de Kirls sünd de Dag tohoop mit sees Sipp. Wenn Du Kirls alleen dropen wullt, dörfst Du se ni an't Weekenenn söken. Inne Week sünd se niünnern Kontroll vun sees Feldwebels, könen se sick mit een Reis för sees Firma rutsnacken. Glööv mi, ick eff dat veele Johre mokt. Dünnersdag is Mätressendag. Dor bruken den Kirls noch een beten Entspannung, bevör se an't Weekenn to sees Sipp torüch fohrn."

„Wohrhaftig?", froogte ick, kunn ni glööven, wat ick dor hörte.

„Glööv mi", sä se. „Bevör ick mien Macker harr, weer ick sülmst för veele Johre Mätresse. Un he besöchte mi jümmers anne Dünnersdag. Un wenn Du ni ewig söken wullt, gah vörher op een Dateting-Plattform. Denn kannst Du de Kirl all ütsöken, bevör Du avends loslöpst."

Ich war engeschnappt.

„Nein, meine Liebe", lächelte sie mich an. „So kann das nichts werden."

Ich war verwirrt: „Warum nicht, da haben doch alle Menschen frei."

„Ja", sagte sie, „da haben alle frei und die Männer verbringen die Tage mit ihren Familien. Wenn du Männer alleine treffen willst, darfst du sie nicht am Wochenende suchen. In der Woche werden sie nicht von ihrer Regierung kontrolliert und können Geschäftsreisen vortäuschen. Glaub mir, ich habe das viele Jahre gemacht. Donnerstag ist Mätressentag. Da brauchen die Männer noch etwas Entspannung, bevor sie am Wochenende wieder zu ihrer Familie zurück fahren."

„Im Ernst?", fragte ich. Ich konnte nicht glauben, was ich da hörte.

„Glaub mir", sagte sie. „Bevor ich meinen Mann hatte war ich viele Jahre Mätresse. Und er besuchte mich immer am Donnerstag. Wenn du nicht ewig suchen willst, gehe vorher auf eine Dating-Plattform. Dann kannst du dir den Mann schon aussuchen, bevor du abends losgehst."

Ick heff op ehr hört un een Kril funnen. Dietmar heet he un weer vun Mandag bet Fridag op Montage inne Stadt. Fridag harr he middags Fieravend un fohrte torüch na Hus. Wi wulln uns in sien Hotel dropen.

Mit bannig veel Bammel rüschte ick mi op un weer tiedig inne Bar. De weer noch lerdig, keen Kirl to sehn. Schull ick noch mal rutgahn? Jüst in de Ogenblick keem een Kirl to de Dör rin, leep stracks op mi to.

„Du büst sachs Petra", smusterte he mi an.

Woneem weer he sik so seeker? Mokte he dat faken? Schietegal! Ick wull em blots för't Vergnögen, schull ni ieversüchtig ween.

Ick nickkoppte. „Un Du büst denn sachs Dietmar."

He bestellte uns wat to drinken und wi verkropen uns in een ruhige, düstere Eck. He weer waak un wuss, wat sik hört. Sien Vertellen weer 'n beten eentönig. Man ick wull em ja ni as Showmaster, sünnern als Kirl för't Bett. Un sien Qualitäten dor müss he noch wiesen.

He schiente mien Ideen to lesen: „Hest Du Mood, mi op mien Stuv to besöken?"

Ich habe auf sie gehört und einen Mann gefunden. Dietmar heißt er und war von Montag bis Freitag auf Montage in der Stadt. Freitag Mittag hatte er Feierabend und fuhr zurück nach Hause. Wir wollten uns in seinem Hotel treffen.

Ich war ziemlich nervös als ich mich aufbrezelte und war früh in der Bar. Die war noch leer, kein Mann war zu sehen. Sollte ich nochmal rausgehen? Gerade in diesem Moment kam ein Mann zur Tür rein und ging direkt auf mich zu.

„Du bist bestimmt Petra", lächelte er mich an.

Warum war er sich so sicher? Machte er das öfter? Egal! Ich wollte ihn nur fürs Vergnügen, sollte nicht eifersüchtig sein.

Ich nickte: „Und du bist dann bestimmt Dietmar."

Er bestellte uns etwas zu trinken und wir verkrümelten uns in eine ruhige, dunkle Ecke. Er war aufmerksam und höflich. Die Unterhaltung mit ihm war ein bisschen langweilig. Aber ich wollte ihn ja nicht als Showmaster, sondern als Mann fürs Bett. Und diese Qualitäten musste er noch beweisen.

Er schien meine Gedanken zu lesen: „Hast du Lust, mich auf meinem Zimmer zu besuchen?"

Ick nickkoppte.

„Fein", sä he. De Nummer is 351. Lat uns enkelt dorhenn gahn, dormit dat keen een markt. Loop du mal los un tööv bi de Fohrstohl. Ick koom denn 'n lütt bet later."

Ick fun dat 'n beten apig, man ick leep los.

Dietmar leet sick bös Tied. Ni opfalln, dach ick. Man wodenni de ick ni opfalln, wenn ick de heele Tied vör den Fohrstohl rumlungerte. Denn keem he endlich ümme Eck.

As he de Dör opmokte weer ick belemmert. Dor stunn man blots een enkelte Bett. Wodenni schulln wi bi so wenig Ruum Spoß hem? Spoß wull he hem, man he dach blots an sien Vergnögen. Fix bugseerte he mi op dat Bett, leet sien Büx rünner, trock mi de Unnerbüx ut un fingerte 'n beten mank mien Been.

„Du büst veel to drööch", jaulte he un reev wieder mit sien appeldwatsche Fingers. Na fief Minuten harr ick de Snuut vull.

„Dank ock", sä ick. „Ick heev mit dat jüst anners överleecht. Ick wull 'n beten Vergnögen un nich so een unhobelte Kirl."

Ich nickte.

„Gut", sagte er. „Die Nummer ist die 351. Lass uns getrennt dort hingehen, damit Niemand etwas bemerkt. Geh du schon mal los und warte beim Fahrstuhl. Ich komme dann ein bisschen später."

Ich fand das etwas albern, aber ich ging los.

Dietmar ließ sich viel Zeit. Nicht auffallen, dachte ich. Wie sollte ich nicht auffallen, wenn ich die ganze Zeit hier vor dem Fahrstuhl herumstand. Dann kam er endlich.

Als er die Tür öffnete, war ich enttäuscht. Da stand nur ein Einzelbett. Wie sollten wir bei so wenig Platz Spaß haben? Ich fand es bald heraus. Spaß wollte er schon haben, aber er dachte nur an sein Vergnügen. Schnell drückte er mich aufs Bett, ließ seine Hose herunter, zog mir das Höschen aus und fingerte zwischen meinen Beinen.

„Du bist viel zu trocken", jammerte er und rieb weiter mit seinen ungeschickten Fingern. Nach fünf Minuten hatte ich die Nase voll.

„Danke!", sagte ich. „Ich habe es mir gerade anders überlegt. Ich wollte ein bisschen Vergnügen und nicht so einen ungehobelten Kerl."

Gau trock ick mi an un gung wech. He weer baff. Eerst as ick de Dör achter mi tomokte, hörte ick em schaffutern: „Du ole frigide Zeeg. Eerst löötst Du di vun mi friholn un denn dörf ick nich mal mien Spoß hem. Gah to'n Düwel!"

Ick tuckte blots mit de Schullern, anterte ni. Dat weer noch bannig fröh. Wat schull ick mit den anfungen Avend moken? Ick wull noch ni na Hus gahn, harr mi so op een Avend mit een Kirl freut. As ick noch överlechte, keem ick an dat neegste Hotel vörbi un seech dat dor noch een poor Kirls anne Bar seeten.

Ick gah dor eenfach rin un nehm mi noch een Afsacker, dach ick mi. Womööglich kan ick dor noch 'n beten klönen. Dietmar weer ja ni de beste Macker förn Klönsnack ween.

De Kirls interesserten sick ni för mi. Blots een keek hoch as ick mi een Gin-Tonic bestellte.He beluurte mi een ganze Tied, denn sedte he sik neben mi.

„Dörf ik Di een utgeeven?", froogte he mi.

Ick nickkoppte.

As wi beide wat to drinken harrn, prostete he mi to.

Eilig zog ich mich an und ging. Er war sprachlos. Erst als ich die Tür hinter mir zuzog, hörte ich sein Pöbeln: „Du alte frigide Ziege. Erst lässt du dich von mir aushalten und dann darf ich nicht mal meinen Spaß haben. Geh zum Teufel."

Ich zuckte mit den Schultern, antwortete nicht. Es war noch sehr früh. Was sollte ich nun mit dem angefangenen Abend machen? Ich wollte noch nicht nach Hause gehen, hatte mich so auf einen Abend mit einem Mann gefreut. Während ich noch überlegte, kam ich am nächsten Hotel vorbei und sah, dass dort noch einige Männer in der Bar saßen.

ich gehe da jetzt einfach rein und nehme noch einen Absacker, dachte ich mir. Vielleicht kann ich mich dabei noch etwas unterhalten. Dietmar war ja nicht gerade der beste Unterhalter gewesen.

Die Männer interessierten sich nicht für mich. Nur einer sah hoch, als ich mir einen Gin-Tonic bestellte. Er beobachtet mich eine ganze Zeit lang, dann setzte er sich neben mich.

„Darf ich dich zu einem Getränk einladen?", fragte er mich.

Ich nickte.

Als wir beide unser Getränk hatten, prostete er mir zu.

„Ick heet Peter."

„Petra."

He keek mi mit groote Ogen an un denn gnickerte he: „Na, schall dat een Teeken für mi sien?"

Ick wuss ni, wat he meente un tuckte blots mit de Schullern.

„Wodenni kummt dat, dat een so smucke Frau hier alleen sit?", froogte he mi.

Dösige Kirl, dach ick, anterte avers: „Ick söök een Kirl für de Puuch."

He keek mi teemli verbiestert an un lachte denn luud los. „Goote Anter op een dösige Froog. Deit mi leed, dat ick so dösig un so nieschierig froog. Geiht mi ja nix an."

Ick nickkoppte blots.

Mitmol wurr he ganz irnst.

„Dörf ick di een ganz ungehörige Froog stelln?"

„Ich heiße Peter."

„Petra."

Er sah mich mit prüfend an an, dann lachte er:"Soll das ein Zeichen für mich sein?"

Ich wusste nicht, was er damit meinte und zuckte nur mit den Schultern.

„Wie kommt es, dass eine so gut aussehende Frau wie du hier alleine sitzt?", fragte er mich.

Dämlicher Kerl, dachte ich, antwortete aber: Ich suche einen Mann fürs Bett."

Er sah mich ziemlich verwirrt an und lachte dann laut los. „Gute Antwort auf eine dumme Frage. Ich muss mich bei dir entschuldigen, weil ich so blöd und neugierig frage. Es geht mich ja gar nichts an."

Ich nickte nur.

Plötzlich wurde er ernst.

„Darf ich dir eine ganz und gar ungehörige Frage stellen?"

„Klor", sä ick, nu all bannig nieschierig.

„Dat is bannig frech. Du must ni antern un ick bed di: Wees mi ni bös, dat ick sowat frog. Ick wull hütt avend in een Swingerclub gahn, avers enkelte Kirls laten se hüüt avend ni mehr rin, wieldat all to veele Kirls dorbin sünt. Hest Du Lust, mit mi dorhen to gahn? Du must dor ni mitmoken, kannst anne Tonbank sitten un tokieken. Ick hol di ock de ganze Tied fri."

Ick överleechte kort. „Wees ni so bang", dach ick. Du wullst hütt wat beleven. Un so nickkoppte ick.

Korte Tied later weer ick dat eerste Mol in mien Leven in een Swingerclub. Wi seeten erst mol mank een poor anner Lüüd an een Disch, drunken noch wat. Na un na verswunnen de annern inne anner Rüüme un we seeten alleen anne Disch. Ick dach, dat Peter nu ock bald verswinnen wurr, to bi de annern mittomoken.

Schu keek he mi an. „Heest Du Lust, mit mi to komen un denn bi de annern totokiecken?"

Ja, ick weer bannig nieschierig, man ick tögerte to antern.

„Klar", sagte ich, denn jetzt war ich schon ziemlich neugierig.

„Die Frage ist ziemlich frech. Du musst nicht antworten und ich bitte dich: Sei mir nicht böse, dass ich so etwas frage. Ich wollte heute Abend in einen Swingerclub gehen, aber einzelne Männer lassen sie nicht rein, weil dort Männerüberschuss herrscht. Hast du Lust mit mir dorthin zu gehen? Du musst dabei nicht mitmachen, du kannst auch am Tresen sitzen und zuschauen. Ich zahle alles was du trinkst."

Ich überlegte kurz. Sei nicht so feige, dachte ich, du wolltest heute Abend ja was erleben. Und so nickte ich.

Kurze Zeit später war ich zum ersten Mal in meinem Leben in einem Swingerclub. Wir saßen erst mal zwischen einigen Leuten an einem Tisch, tranken noch etwas. Nach und nach verschwanden die Anderen in Nebenräume und wir saßen alleine am Tisch. Ich dachte, dass Peter auch bald verschwinden würde, um bei den anderen mitzumachen.

Schüchtern sah er mich an. „Hast du Lust mitzukommen und den Anderen zuzusehen?"

Ja, ich war ziemlich neugierig, aber ich zögerte mit meiner Antwort.

„Ja, wenn wi dat dörm un dat de annern ni stört."

He smusterte. „Nee, veele sünd hier, wieldat se Tokiekers hem wulln. Un annern, so as ick ock, wieldat se mit 'n frömde Fru oder 'n frömde Kirl Spoß hemm wön."

He nehm mi bi de Hand un bröchte mi in een Ruum, in de een gewaltig groote Madratz weer.

Veer Poore leegen dorop un fichelten as dull. Nee, ick keek genauer henn: Veer Frunnslüüd weern dor. Un dree vun se wurn vun mehreren Kirls togliek bedeent.

Bi de eene Menageri harr een Kirl de Been vunne Fru över sien Schullern leggt un stödte deep in ehr rin. Een anner heel ehr sien Dödel vör't Gesicht. Se nehm em inne Mund un suuchte doran. De drütte Kirl kneete neben ehr un masseerte ehr Titten.

De nächste Rott weer noch sünnerlicher: Een Kirl leech op de Rüch. De Fru leech op em, sien Dödel deep in sik bin. Een anner Kirl kneete achter ehr un beglückte ehrn achteren Ingang. Un ock hier kneete een Kirl vör de Kopp vunne Frau un leet sik sien Johannes vun eern Mund verwöhnen.

„Ja, wenn wir das dürfen und es nicht stört."

Er lächelte. „Nein, viele sind hier, weil sie Zuschauer haben wollen. Und viele, wie ich auch, weil sie mit einer fremden Frau oder einem fremden Mann Spaß haben wollen."

Er nahm meine Hand und brachte mich in einem Raum, in dem sich eine sehr große Liegefläche befand.

Vier Paare lagen darauf und hatten wilden Sex. Nein, ich schaute genauer hin: Vier Frauen lagen da. Und drei von ihnen wurden von mehreren Männern gleichzeitig bedient.

Bei der einen Gruppe hatte ein Mann die Beine der Frau über seine Schultern gelegt und stieß tief in sie. Ein zweiter hielt ihr seinen Schwanz vors Gesicht. Sie nahm ihn in den Mund und saugte daran. Der dritte Mann kniete neben ihr und massierte ihre Brüste.

Die nächste Gruppe war noch sonderbarer: Ein Mann lag auf dem Rücken. Die Frau lag auf ihm, seinen Schwanz tief in ihr drin. Ein anderer Mann kniete hinter ihr und beglückte ihren Hintereingang. Und auch hier kniete ein Mann vor dem Kopf der Frau und ließ sein gutes Stück von ihrem Mund verwöhnen.

Twee Kirls lehnten anne Wand, keeken to un bearbeideten sick een den annern sien piel oprechte Munk mit de eegen Hannen.

Ick keek na Peter, froogte mi, ob he ock glieks op de Madratz gahn wull to dor mittospeelen. Man he keek blots to un de Büx weer noch dicht. Ick kunn avers sehn, dat em dat opreechte. De Buul in sien Büx weer ni to översehn.

Ock mi reegte dat Speelwark op. Ick markte de Natten mank mien Been. Schull ick ock?

Denn weer dor een Hand op mien Achtersen, striegelte em sinnig.

Peter runte mi in't Ohr: „Magst Du mit mi in't Separee gahn? Dor hebbt wi unse Ruh un kön ahn Tokieker..."

Ick nickkoppte un he nehm mien Hand, föhrte mi in een lüttje Ruum. Sinnig trock he mi ut, striegelte un snuselte mi överall. He leet mi Tied, em antokieken, sien Liev mit Hannen un Mund wies to warn.

As ick dat vör Jieper meist ni mehr utholen kunn, leggte he sick op de Rüch un trock mi över sick. Ick weer kladdernatt un so gleed sien Munk gau un deep in mi

Zwei Männer lehnten an der Wand, schauten zu und bearbeiteten kreuzweise ihre aufrecht stehenden Schäfte mit den Händen.

Ich schaute Peter an, fragte mich, ob er auch gleich auf die Matratze gehen würde, um dort mitzuspielen. Aber er schaute nur zu und seine Hose war noch geschlossen. Ich konnte sehen, dass es ihn erregte. Die Beule in seiner Hose war nicht zu übersehen.

Auch mich erregte das Schauspiel. Ich spürte die Nässe zwischen meinen Beinen. Sollte ich auch?

Dann war da eine Hand auf meinem Po, streichelte ihn sanft.

Peter flüsterte mir ins Ohr: „Magst du mit mir ins Séparée gehen? Da haben wir unsere Ruhe und können ohne Zuschauer..."

Ich nickte. Er nahm meine Hand und führte mich in einen kleinen Raum. Langsam zog er mich aus, streichelte und küsste mich überall. Er ließ mir Zeit ihn anzuschauen, seinen Körper mit Händen und Mund zu erkunden.

Als ich es vor Verlangen kaum noch aushalten konnte, legte er sich auf den Rücken und zog mich über sich. Ich war platschnass und so glitt sein Luststab schnell

rin. Ick röhrte mi ganz sinni, wull dat Vergnögen vull utkosten. Em schiente dat ock to gefalln. Ick harr meist vergeten, wo ick weer, föhlte blots unse Liever. Mit 'n Mol hörte ick Stimmen un bleev stief sitten.

„Wees ni bang", sä he. „Se sünd buten, avers se komen blots rin to tokieken, wenn wi se inladen. Un dat hem wi noch ni dohn."

Ick betemte mi un wi mokten wieder. Mitmol leggte he de Arm üm mi un dreihte mi op de Rüch, ahn dat sien beste Stück ut mien natte Grott rutkeem. He leeggte mien Been op sien Schullern un stödte deep in mi rin. Mi gefull dat ni, dat vörher föhlte sik veel beter an.

He seech an mien Snuut, dat ick ni tofreeden weer un trock sien Johannes ut mi rut.

„Op de Knee mit di!", sä he.

Dor eerst markte ick, dat in de Ruum de eene Wand ganz verspeegelt weer. He dreihte mi so, dat ick mi inne Speegel beluurn kunn, wiedat ick op allen Veeren kneete. Denn kneete he achter mi dal, fadte mi anne Achterbacken un keem werr in mi rin. Mol stödte he deep un hard in mi, denn trock he sik wiet torüch un beweechte sik ganz sinni.

und tief in mich hinein. Ich bewegte mich ganz langsam, wollte das Vergnügen auskosten. Ihm schien es auch zu gefallen. Ich hatte fast vergessen, wo ich war, spürte nur unsere Körper. Plötzlich hörte ich Stimmen und blieb steif sitzen.

„Hab keine Angst", sagte er, „sie sind draußen und kommen nur dann zum Zuschauen rein, wenn wir sie einladen. Und das haben wir noch nicht getan."

Ich entspannte mich und wir machten weiter. Plötzlich legte er den Arm um mich und drehte mich auf den Rücken, ohne dass sein bestes Stück meine nasse Grotte verließ. Er legte meine Beine auf seine Schultern und stieß tief in mich. Mir gefiel das nicht, vorher fühlte es sich besser an.

Er sah meinem Gesicht an, dass ich unzufrieden war, zog seinen Stab aus mir heraus.

„Auf die Knie mit dir!", sagte er.

Da bemerkte ich erst, dass eine Wand im Raum ganz und gar verspiegelt war. Er drehte mich so, dass ich mich im Spiegel betrachten konnte, während ich auf allen Vieren kniete. Dann kniete er sich hinter mich, fasste mich an den Pobacken und kam wieder tief in mich hinein. Mal stieß er tief und hart in mich, dann zog er sich weit zurück und bewegte sich ganz langsam.

As he werr deep stödte, markte ick, dat he kort vör't explodeern weer, un reckte em mien Achterdeel wiet entgegen. He nehm min Inladung an un bröchte dat fix toenn. Mit 'n Mol mokte he sik ganz stief un ick markte, wie dat warm un natt in mi wurr. Hitte Schuern leepen dör mien Liev as wenn een Fuerwark in mit afschoten wurr. Pustig sackte ick op de Madratz. He sackte ock tohoop un bleev op mi liggen.

Korte Tied later striegelte he min Hals un geev mi een Söten op dat Ohr.

„Dat weer de beste Avend, de ick jemols in een Club hat heff. Lat uns werr de Plünn antrecken un noch wat drinken."

As wi werr anne Dische keemen, seeten blots noch twee Kirls dor un keeken mi an. Peter schüttkoppte un bestellte wat to drinken. Ick weer froh, denn för hüüt avend harr ick nuch beleevt. Man wenn he mi froogen würr, ob ick nochmal mit em hierher komen de...

Nadem wi utdrunken harrn bestellte he een Taxi för uns. As he mi tohus afsedte, froogte he meist schu: „Dat hett mi good gefullen. Magst Du di mol werr mit mi dropen? Ick kann uns ock een grote Puuch in een Hotel besorgen, dormit wi alleen sünt."

Als er wieder tief zustieß, merkte ich, dass er kurz vorm Explodieren war und streckte ihm mein Hinterteil weit entgegen. Er nahm die Einladung an und sbrachte es schnell zuende. Auf ein Mal machte er sich ganz steif und ich merkte, wie es warm und nass in mir wurde. Heiße Schauer liefen durch meinen Körper, es war, als würde ein Feuerwerk in mir abgeschossen. Schwer atmend sackte ich auf die Matratze. Er sackte ebenfalls zusammen und blieb auf mir liegen.

Kurze Zeit später streichelte er meinen Hals und küsste mein Ohr.

„Das war der beste Abend, den ich jemals in einem Club gehabt habe. Lass uns uns wieder anziehen und dann noch was trinken."

Als wir wieder zu den Tischen kamen, saßen da nur noch zwei Männer und schauten mich an. Peter schüttelte den Kopf und bestellte etwas zu trinken. Ich war erleichtert, denn für heute Abend hatte ich genug erlebt. Aber wenn er mich fragen würde, ob ich noch einmal mit ihm herkommen würde...

Nachdem wir ausgetrunken hatten, bestellte er ein Taxi für uns. Als er mich zu Hause absetzte, fragte er fast schüchtern: „Es hat mir sehr gut gefallen. Magst du dich mal wieder mit mir treffen? Ich kann uns auch ein großes Bett in einem Hotel besorgen, damit wir alleine sind."

Ick tögerte un he geev mi een Kort mit sien Telefonnummer as he sik verafscheedete.

Twee Dag later reep ick em an. Dat neegste Dropen weer in sien Hotel. Wi beid harrn een opreegen Nacht ahn Tokiekers. Eerst föhrte he mi fein to'n Eten ut un denn experimenteerten wi de heele Nacht, to dat unse Liever sik wies warn schulln.

Un nu is Dünnersdag bi mi Mätressendag. Mol sehn, wat wi inne neegste Week moken. Sachs gahn wi mol werr inne Club. Ick weet genau, dat ick ock mol mit Peter op de grote Madratz mit Tokiekers will. Un villicht sünd dor ock anner Kirls...

Ich zögerte und er gab mir eine Karte mit seiner Telefonnummer, als er sich von mir verabschiedete.

Zwei Tage später rief ich ihn an. Das nächste Treffen fand in seinem Hotel statt. Wir beide hatten eine aufregende Nacht ohne Zuschauer. Erst lud er mich zu einem guten Essen ein und dann experimentierten wir die ganze Nacht lang, so dass unsere Körper sich kennenlernen konnten.

Und jetzt ist der Donnerstag bei mir Mätressentag. Mal sehen, was wir in der nächsten Woche machen. Vielleicht gehen wir mal wieder in den Club. Ich weiß genau, dass ich auch mal mit Peter auf die große Liegewiese mit Zuschauern möchte. Und vielleicht sind da dann ja auch noch andere Männer...

Lilly Block

De Autorin ut Nordfreesland schrifft siet 2008 erotische Schosen op hochdüütsch. Ehr eersten Geschichten op platt weern Felicitas erotische Vertellen, die 2013 bi de Candela Verlag rutkomen sünd.

Die nordfriesische Autorin schreibt seit 2008 erotische Geschichten auf Hochdeutsch. Ihre ersten Geschichten auf platt waren Felicitas erotische Vertellen, die 2013 im Candela Verlag erschienen.

Kontakt: post.an@lilly-block.de